AF329224

INSTITUT ROYAL DE FRANCE.

ACADÉMIE FRANÇAISE.

PRIX DE POÉSIE.

ÉPÎTRE

A

J.-J. ROUSSEAU,

QUI A REMPORTÉ LE PRIX DE POÉSIE DÉCERNÉ PAR L'ACADÉMIE FRANÇAISE DANS SA SÉANCE PUBLIQUE DU 25 AOUT 1826, ET DONT LE SUJET ÉTAIT :

Les Legs et Fondations de M. de Montyon en faveur des Hospices et des Académies.

Par M. Alfred de WAILLY,

Professeur au Collège royal de Henri IV.

A PARIS,

DE L'IMPRIMERIE DE FIRMIN DIDOT,

IMPRIMEUR DU ROI ET DE L'INSTITUT, RUE JACOB, Nº 24.

1826.

ÉPITRE

A

J.-J. ROUSSEAU.

> Qu'on me dise si la gloire attachée au meilleur des
> discours qui seront couronnés dans cette Académie est
> comparable au mérite d'en avoir fondé le prix?
> (J.-J. Rousseau. *Discours contre les sciences et les arts.*)

Des peuples policés redoutable censeur,
Toi qui de l'ignorance éclairé défenseur,
Aux beaux-arts foudroyés par ta prose sévère
Te fis un jeu, Rousseau, de déclarer la guerre;
Si tu soutins jadis, dans ton zèle affecté,
D'un sophisme brillant l'étrange nouveauté,
Ne crois pas que je veuille, à tes leçons fidèle,
Copiste maladroit du plus parfait modèle
Dans un siècle déja si fécond en excès,
Aux lumières encor faire ici leur procès.
On t'a vu, sans pitié, dans ton âpre rudesse,
D'un siècle corrompu flétrir la politesse.
Tu prétends que les arts et leur perfection
Entraînent à grands pas vers la corruption :
Peut-être, à son début, ton bizarre génie,
D'un paradoxe utile affectant la manie,

I.

(4)

Dans ses projets de gloire habile à calculer,
Sur la sottise humaine a voulu spéculer.
Car trop souvent, aux yeux d'un vulgaire imbécile,
Qui se fait singulier passera pour habile.
Des lettres, toutefois, source de tes succès,
Soit haine, soit calcul, tu blâmas les progrès :
Semblable à ces enfants, dont le cruel caprice
Déchire sans pitié le sein de leur nourrice,
Toi, qui leur devais tout, par elles inspiré,
Tu t'en fis à plaisir le détracteur outré :
Et ton esprit chagrin sembla trouver des charmes
À vaincre l'éloquence avec ses propres armes.
Oh ! combien je préfère en sa simplicité,
Celui dont la sagesse, exempte de fierté,
Indulgente et sans fiel, jamais dans son langage
N'affecta la rigueur d'une vertu sauvage ;
Qui facile aux humains, prompt à les excuser,
Aimait mieux les servir que de les accuser ;
Qui du bien et du beau sentait son ame éprise,
Et protecteur des arts que ta haine méprise,
Pensait que les talents ainsi que les vertus,
Bien loin de se prêter des secours superflus,
Joignant les dons de l'ame aux palmes du génie,
L'un sur l'autre appuyés marchent de compagnie.
   Généreux Montyon, ce portrait est le tien !
Modeste bienfaiteur, philosophe chrétien,
Dans cette auguste enceinte on a vu, chaque année,
Par la main du talent la vertu couronnée ;
Et riche de tes dons, ce corps même ignorait
Du prix fondé par toi le glorieux secret ;
Personne n'en pouvait pénétrer le mystère :
Le vrai sage toujours se cache pour bien faire.

(5)

Tu n'étais pas de ceux que, malgré leurs efforts,
Pour éviter le monde et ses bruyants transports,
Désigne clairement à la publique estime
Le voile transparent d'un pompeux anonyme;
Un système aussi vain, un tel manque de foi,
Montyon, te semblait trop indigne de toi:
L'obscurité faisait tes plus chères délices,
Tu cachais tes vertus comme on cache ses vices;
Honteux de tes bienfaits, et redoutant le bruit,
La gloire t'effrayait par l'éclat qui la suit;
Et la mort, trahissant enfin ta modestie,
Seule a pu révéler les bienfaits de ta vie.
D'une vaste opulence utile et noble emploi!
De la simplicité se faisant une loi,
On l'a vu ce vieillard, pauvre au sein des richesses,
Sur tous les malheureux répandre ses largesses;
Avare pour lui seul, prodigue pour autrui,
Ses immenses trésors ne semblaient pas à lui;
Et des biens dont le ciel le comblait sur la terre
Il n'était à ses yeux que le dépositaire.
    Eh bien! riches du jour, parlez! d'un tel portrait
Peut-on en vous voyant retrouver quelque trait?
Trop facile instrument de vos honteux caprices,
L'or n'est souvent pour vous que l'aliment des vices;
Votre ame se consume en frivoles desirs,
Votre temps se dissipe en coupables plaisirs:
Prolongeant sans pudeur vos nocturnes orgies,
Usant votre existence aux clartés des bougies,
Autour d'un tapis vert, qu'assiége votre ardeur,
Palpitants tour-à-tour d'espoir ou de terreur,
D'un sang-froid affecté la fausse indifférence
De vos cœurs déchirés cache en vain la souffrance.

D'une carte infidèle épiant le retour,
Votre avide insomnie a vu naître le jour;
Hélas! lorsque du gain la fureur vous transporte,
La misère en haillons frissonne à votre porte.
Un peu d'or échappé de votre avare main,
Dans son sein douloureux ferait taire la faim.
Et le luxe pour vous prodigue ses merveilles!
Du Moka qui bouillonne en des coupes vermeilles
Pour ranimer vos sens, par la veille émoussés,
Les parfums délicats à grands flots sont versés;
Le punch pétille, offrant à vos lèvres avides
L'azur éblouissant de ses flammes liquides;
Confondant les tributs des diverses saisons,
Pomone et ses trésors s'unissent aux glaçons,
Et les fruits, que l'été mûrissait dans la plaine
Par le souffle fécond de sa brûlante haleine,
Colorant des frimas l'éclatante blancheur,
A la neige insipide ont transmis leur saveur.
Mais l'aurore a paru: bientôt la plume oiseuse
Reçoit sur le duvet leur langueur paresseuse;
Et d'une nuit factice, entre quatre rideaux,
Ils goûtent loin du bruit le somptueux repos.
Que font-ils cependant lorsque, dans la journée,
Du réveil l'heure enfin pour eux est ramenée?
Quels travaux importants occupent leurs esprits?
L'un va dans nos jardins, à tous les yeux surpris,
D'une mode nouvelle outrant l'extravagance,
Montrer de ses habits la grotesque élégance;
Pressant de ses coursiers l'essor impétueux,
L'autre ira, dans Paris, sur un char fastueux
Promenant à grands frais sa maîtresse vénale,
De ses riches amours étaler le scandale :

Montyon seul, à pied , malgré le poids des ans ,
Portait aux malheureux ses secours bienfaisants;
Tantôt il pénétrait dans la triste demeure
Où l'indigent appelle en vain sa dernière heure,
Où, couché sur la paille, hélas, il voit mourir
Sa femme et ses enfants qu'il ne peut plus nourrir;
A l'aspect du vieillard, à sa douce éloquence
Le désespoir fuyait, et bientôt l'espérance
Dans un lieu qu'à regret elle avait déserté
Ramenait le travail ainsi que la santé.
Tantôt il descendait dans le séjour du crime,
Où, frappé d'un arrêt sévère et légitime ,
Le coupable banni de la société
Languit dans l'abandon et la captivité ;
Sans condamner des lois la rigueur nécessaire,
Il lui montrait aux cieux un juge moins sévère,
Dont la bonté jamais ne se peut démentir,
Qui se laisse toucher aux pleurs du repentir,
Et de l'éternité promet les saintes joies
Aux enfants égarés qui rentrent dans ses voies.
   Mais, Rousseau, jusqu'ici tes regards n'ont pu voir
Que le portrait d'un homme esclave du devoir,
Qu'un chrétien, qui prenant son sauveur pour modèle ,
Des préceptes divins observateur fidèle,
Embrasse avec amour l'esprit de charité ;
Et docile instrument de la Divinité ,
Du bien qu'on lui prescrit, sans peine et sans étude,
Aveugle, a contracté la pieuse habitude.
Grace à notre loi sainte, à son charme vainqueur,
La douce charité règne dans plus d'un cœur;
On voit plus d'un mortel plein d'amour pour ses frères,
Les aidant à porter le poids de leurs misères,

Soulageant dans ses maux la faible humanité,
Répandre ses bienfaits avec humilité.
Mais un homme qui sut, rempli de prévoyance,
Des siècles à venir deviner la souffrance,
Et des malheurs présents qu'il réparait toujours,
Aux malheurs d'un autre âge étendre ses secours ;
Qui voulut, prolongeant son vertueux système,
Au-delà du trépas se survivre à lui-même :
Voilà ce que nos yeux ont peine à rencontrer ;
Oui, Montyon lui seul nous a fait admirer
Aux plus sages calculs la bienfaisance unie ;
D'autres en ont l'instinct, il en eut le génie.
    Vois tous ces malheureux arrachés au tombeau :
De leurs jours presque éteints rallumant le flambeau,
Dans un asyle ouvert aux maux de l'indigence
La charité publique accueillit leur souffrance ;
Mais les infortunés sont tous égaux en droits,
Ce lieu ne peut à tous être ouvert à la fois,
Et sitôt qu'un malade en peut franchir la porte ,
Il doit céder sa place au mourant qu'on apporte.
Dans ce moment cruel, qui pour la pauvreté
N'est plus la maladie et n'est pas la santé,
Sur un corps épuisé se soutenant à peine,
Sans abri, sans secours, au hasard il se traîne ;
Ne pouvant se nourrir du travail de ses mains,
Il erre en gémissant de chemins en chemins,
Heureux si la pitié du passant qu'il implore
Accueille sa prière, et le soutient encore,
Jusqu'au jour où du mal sans ressource obsédé,
Il reviendra mourir au lit qu'il a cédé.
Infortunés ! au moins dans cet instant funeste
Si tout les abandonne, un protecteur leur reste.

Le sage ne veut pas que ses premiers bienfaits
Pour tant de malheureux demeurent imparfaits.
Au sortir du séjour qui reçut leur misère
Montyon les attend, ils retrouvent un père ;
Chez eux, grace à ses dons, ils recevront les soins
Que réclament encor leurs plus pressants besoins ;
Le froment nourricier répare leur faiblesse,
Le repos les ranime, et l'affreuse détresse
Ne les soumettra pas à la nécessité
D'user en vains efforts leur fragile santé,
Avant que leur vigueur, par le temps rétablie,
Ne raffermisse en eux les ressorts de la vie.

    Enfin, de leurs travaux ils ont repris le cours :
Mais l'art qui les fait vivre abrégera leurs jours ;
D'un métier dangereux l'exercice funeste
De leur vie à jamais peut corrompre le reste.
Battant l'or, qui s'étend sous ses pesants marteaux,
L'un contracte la fièvre aux accès inégaux ;
L'autre aux foyers ardents cristallise le sable,
Et succombant aux feux dont la chaleur l'accable,
Tandis qu'il se consume en un pénible effort,
Ses poumons haletants ont respiré la mort.
Combien n'en voit-on pas qui, des égouts immondes
Pénétrant chaque nuit les cavités profondes,
Expirent suffoqués dans ces affreux tombeaux
Où la vapeur mortelle éteignit leurs flambeaux !
Montyon, tu voulus, pour assurer leur vie,
Par des prix annuels exciter le génie ;
L'art qui découvrira quelques moyens heureux
De rendre un seul métier plus sain, moins dangereux,
Trouvera dans les dons qui l'animent d'avance,
D'un utile travail la douce récompense.

Mais ce n'est point assez d'arracher au trépas
L'infortune livrée aux travaux les plus bas :
Tu voulais, sans relâche, au sein de ta patrie,
Favorisant l'essor d'une active industrie,
De ton siècle, guidé vers un état meilleur,
Par la perfection assurer le bonheur.
Grace à toi, Montyon, par des mains exercées,
Pour notre beau pays des tables sont tracées,
Qui présentent aux yeux du jeune magistrat
D'une province entière et les mœurs et l'état,
Ses arts, ses habitants, leurs besoins, leur détresse,
Les produits qui du sol attestent la richesse,
En un mot, et le bien qu'il faut encourager,
Et les abus surtout qu'il faudrait corriger.
Des arts à ses calculs soumettant la pratique,
Chaque jour, à ta voix, l'adroite mécanique
Pour rendre nos travaux plus faciles, moins lents,
Sait ménager de l'homme et la force et le temps,
Et combinant l'effort des leviers, des rouages,
Livre aux plus faibles bras les plus rudes ouvrages.
C'est ainsi qu'excitée en tout genre, en tous lieux,
L'industrie à grands pas s'avance vers le mieux :
De nouveaux instruments Cérès se voit armée ;
Par de nombreux essais la culture animée,
De l'antique routine oubliant les leçons,
Dans nos champs rajeunis a doublé les moissons ;
Un scalpel à la main, la docte anatomie
Va surprendre à la mort les secrets de la vie ;
Et peut-être, vainqueur de quelque autre fléau,
Peut-être en ce moment croît un Jenner nouveau,
Qui force de rentrer dans les mains de Pandore
Un des maux dont l'essaim nous ronge et nous dévore.

Cependant la morale a vu de tes bienfaits
Sur elle, après ta mort, s'étendre les effets:
Dans un oubli coupable avant toi délaissée,
La vertu dans son jour est enfin replacée;
Le dévouement obscur ne peut plus se cacher;
Aux ombres du secret heureux de l'arracher,
Tu l'amènes au pied du tribunal auguste
Où le génie en corps, par l'arrêt le plus juste,
Proclamant chaque année, à nos yeux attendris,
Celui qui mérita le plus noble des prix,
Devant un front modeste où la vertu rayonne,
S'incline avec respect en posant la couronne.

    Ah! si ton noble cœur eût jamais partagé
Le dangereux excès du fatal préjugé
Qui troublant de Rousseau l'esprit toujours morose,
Des lettres à ses yeux avait gâté la cause,
Par une injuste haine aveuglé comme lui,
Et refusant aux arts un honorable appui,
Tu n'aurais pas voulu qu'un grand corps littéraire
De tes nombreux bienfaits restât dépositaire.
Mais pouvais-tu remettre en de plus dignes mains
Le soin d'exécuter tes généreux desseins?
Un beau talent toujours révèle une belle ame.
Quiconque du génie a ressenti la flamme,
Animé pour le bien d'une semblable ardeur,
Au seul nom de vertu sent palpiter son cœur.
Aussi, que d'écrivains remplis d'un noble zèle,
Descendent dans la lice où ta voix les appelle!
Fiers de combattre entre eux pour mériter l'honneur
De former tout un peuple aux vertus, au bonheur,
Ils rendront, en mêlant l'utile à l'agréable,
La raison moins abstraite et surtout plus aimable

Par d'utiles écrits chaque jour éclairé,
Sans peine vers le bien le pauvre est attiré;
A ses yeux, la vertu qu'en secret il honore,
Des graces du talent va s'embellir encore;
Et la morale, instruite à charmer ses loisirs,
Transforme par degrés ses devoirs en plaisirs.
    Pourquoi faut-il, Rousseau, qu'un hasard favorable
Ne t'ait pas rapproché du philosophe aimable
Qui par sa voix touchante eût bientôt dans ton cœur
Détruit l'illusion d'une fatale erreur,
Et, de la vérité t'adressant le langage,
Loin de toi, du sophisme écarté le nuage?
    L'homme, t'aurait-il dit, ange exilé des cieux,
L'homme doit mériter son rappel de ces lieux.
Crois-tu qu'il soit jeté sur un coin de la terre
Pour végéter sans but et vivre solitaire?
De la société Dieu lui fit un devoir;
Se soustraire à sa fin n'est pas en son pouvoir;
Suivant toujours la loi qui lui fut départie,
Du grand tout dont il n'est qu'une faible partie
Il concourt à former l'ensemble merveilleux,
Comme l'astre éclatant qui, du plus haut des cieux,
Répandant à grands flots sa lumière féconde,
Doit de ses feux ardents vivifier le monde,
Et l'insecte rampant qu'écrase notre orgueil,
Et qui doit dévorer notre cendre au cercueil.
Dans le monde physique il n'est rien de stérile;
Dans le monde moral il n'est rien d'inutile;
Tous les êtres créés se prêteront toujours,
Même en se combattant, un mutuel secours.
Quand d'un corps animé le fragile assemblage
A subi de la mort l'inévitable outrage;

Quand l'air et la chaleur, naguère ses soutiens,
De ses ressorts brisés ont détruit les liens;
Au sein de cette froide et stérile poussière,
Que le néant semblait réclamer tout entière,
Un pouvoir inconnu féconde avec lenteur
De la corruption le germe créateur :
Il fermente, il nourrit la sève généreuse,
Qui gonfle des épis la tige savoureuse;
Et bientôt, grace à lui, d'un mouvement réglé,
Dans les corps de nouveau la vie a circulé.
Du milieu des tombeaux ressuscitant plus belle,
La Nature toujours ainsi se renouvelle;
Toujours assujettie à de constantes lois,
La matière, en un jour, meurt et renaît cent fois,
Et passe, au mouvement sans relâche asservie,
De la vie à la mort, de la mort à la vie.
Par un destin pareil les esprits gouvernés,
Vers un plus noble but s'avancent entraînés;
La matière végète, et des bornes prescrites
Jamais dans son travail ne franchit les limites;
Elle roule toujours au cercle accoutumé,
Où par l'ordre établi son cours est renfermé.
L'homme, se rappelant sa céleste origine,
Vers la perfection, que son ame devine,
S'élance avec ardeur, et pressentant le mieux,
Du néant, par degrés, s'élève jusqu'aux cieux.
Dans sa marche, à travers vingt siècles d'ignorance,
D'un pas lent, mais certain, le genre humain s'avance :
Rien ne peut arrêter le vaste mouvement
Qui vers la vérité l'emporte incessamment.
Aux clartés du flambeau que la raison lui prête,
Il dirige ses pas de conquête en conquête;

Sa puissante industrie étend partout ses droits ;
La Nature asservie obéit à ses lois ;
Lui-même il se soumet au joug de la morale,
Du vice à la vertu définit l'intervalle ;
Les lettres, par leur culte, adoucissent ses mœurs ;
L'amour sacré du bien germe dans tous les cœurs.
En vain l'erreur voudrait, de ses voiles funèbres,
Pour étouffer le jour épaissir les ténèbres,
Et de l'instruction tarissant le trésor,
Comprimer des esprits le généreux essor.
Rien ne reste en repos, tout marche ; et la pensée,
Sur l'aile du génie avec force élancée,
Du centre de la terre aux profondeurs des cieux,
Réunit tous les temps, rapproche tous les lieux,
Aux champs de l'infini plànant en souveraine,
De l'univers possible agrandit le domaine,
Et dégagée enfin de tout lien mortel,
S'épure et se ranime au sein de l'Éternel.
Dieu, suivant les progrès d'une lutte imposante,
Contemple avec orgueil tout le bien qu'elle enfante.
Ainsi qu'il l'a prévu de toute éternité,
Du choc des sentiments jaillit la vérité ;
Au milieu du conflit des passions humaines,
La raison sans retour s'affranchit de ses chaînes.
Il sourit aux efforts des mortels généreux
Qui devancent leur siècle, et pensant d'après eux,
A l'aide des secrets qu'un noble instinct révèle,
Ont au foyer divin ravi quelque étincelle :
Vivants, il les admet au rang de ses élus ;
Les talents à ses yeux sont aussi des vertus.
    A ces nobles accents, n'aurais-tu pas toi-même,
Rousseau, désavoué ton injuste système ?

Oui, bientôt Montyon t'eût contraint d'abjurer
L'erreur que ton talent se plut à consacrer.
Comment croire, en effet, que tant de bienfaisance
Dût avoir sur les mœurs une triste influence?
Qu'en protégeant les arts il pût nous égarer,
Corrompre les humains qu'il voulait éclairer?
Et tournant contre nous le bien qu'il croyait faire,
Devenir de nos maux la cause involontaire?
Nous t'aurions vu, sans doute, à sa voix converti,
Donner à tes discours un noble démenti;
Et laissant désormais aux rhéteurs de l'école
D'un sophisme affligeant la sévère hyperbole,
Défendre les beaux-arts par toi-même proscrits,
Et les justifier de tes propres mépris.
Que dis-je! en ce moment, ta brillante éloquence
De cet illustre corps eût rempli l'espérance.
Mieux que ma faible voix, aux siècles à venir,
Elle eût de Montyon transmis le souvenir;
Et son nom deviendrait, dans ta prose immortelle,
De nos Crésus futurs la honte ou le modèle.